ZOMBIE·HIDE·SEX

YUO YODOGAWA

BOBOM
AH...!
FLAP
FLOUP
ぬる…
HAA...
Merde...
Comment j'ai fait pour me retrouver dans cette situation...?
FLAP...
RESSERRE ENCORE UN PEU LES JAMBES.
GRIIIC
ギッ
FRISSON
HAA...
HAA...
Il y a plein de zombies dehors...

はれのひ
PACHINCO
つぼ六
HOUP LÀ...
C'est une question de vie ou de mort, maintenant !!

C'EST VRAI QUE MAMAN M'A DEMANDÉ D'ALLER LUI RENDRE VISITE DE TEMPS EN TEMPS...
JE DEVRAIS PEUT-ÊTRE Y ALLER, JE NE SUIS PAS LOIN.
En plus, je me sens seul...!
ÇA FAIT LONGTEMPS QUE JE N'AI PLUS MANGÉ SON POULET FRIT...
JE L'APPELLERAI POUR LUI DEMANDER SI ELLE VEUT BIEN M'EN FAIRE.
MIAM...
MISHIBA ! QUAND T'AURAS FINI, TU VOUDRAS BIEN VENIR M'AIDER ICI ?
OUI, J'ARRIVE !

SCHLACK !
GYAAAAAAH !!
SURSAUTE
みしば
BROUHAHA
BROUHAHA
QU... QU'EST-CE QUI SE PASSE ?
AAAH !!
C'EST QUOI ? UNE DISPUTE ?
M... MONSIEUR ! QU'EST-CE QUE VOUS FAITES ?!
OUI !
HÉ, MISHIBA ! APPELLE LA POLICE !

KEIN...?
ISHIE-SAN...
SCHRIC
AAAAAAAAAH!!
SCHRIC

OUAAAAAH !!
QUE FAIT LA POLICE ?!
C'EST QUOI, CES TRUCS, DEHORS ?!
HIIII !! AIDEZ-MOIIII !!
GYA AA AA AAH !!
AA AA AH !!
N'AP-PRO-CHEZ PAAAS !!
C'EST QUOI, CE BORDEL...?
VACILLE...
QU... QU'EST-CE QUI SE PASSE...?

BOBOM
MISHIBA-KUN !! PAR ICI !!
GRIP
....!
Mais qu'est-ce qui se passe, bon sang ?!
CLAC !!

.....
Combien de temps s'est écoulé depuis que je suis ici ?
Le patron a dit qu'il allait chercher des renforts, mais il n'est pas revenu...
Je reviens tout de suite ! Reste bien caché, surtout !
J'ai essayé d'appeler ma famille et mes amis, mais ils ne répondent pas...
Et maintenant, je n'ai plus de batterie...
!!
BOM
BOM

GLISSE...
PATRON...!
AAAAAH... GHHHHHH...
MERDE... MERDE !!
C'EST PAS POSSIBLE !!
COMMENT ON EN EST ARRIVÉS LÀ...?

De ce que j'ai pu voir sur Internet, l'épidémie est limitée au Japon, apparemment...
Mais... Je ne peux quand même pas rester caché ici toute ma vie...
JE ME DEMANDE COMMENT VONT MAMAN ET PAPA...
J'AI PAS LE CHOIX... IL FAUT QUE J'AILLE VÉRIFIER...
REGARDE...
JE NE VOIS PERSONNE...

CRIIIC...
STAFF ONLY
関係者以外立入禁止
TAP...
OUF... ON DIRAIT QUE JE VAIS POUVOIR SORTIR...
LÈVE...
AAAAH...
GHHHH...
ISHIE-S...

AAAH...
PAN !!
HIIIIII !!
ÇA VA ?
BOBOM
PLAF
VOUS...
VOUS N'ÊTES PAS... DES LEURS ?!

[*Forces Japonaises d'Autodéfense : l'équivalent de l'armée japonaise. Le Japon a interdiction depuis 1945 de posséder une armée ; cette condition a été révisée en 1954 pour lui permettre d'avoir des troupes de défense.]

QUOI...? MÊME L'ARMÉE...?
CE GENRE DE CHOSES N'ÉTAIT JAMAIS ARRIVÉ AUPARAVANT.
JE NE SAIS PAS CE QUI S'EST PASSÉ POUR QU'ON EN ARRIVE LÀ.
MAIS...
IL SEMBLERAIT QUE LE PROBLÈME SOIT PARTI D'UNE COMPAGNIE PHARMACEUTIQUE.
JE COMPTE ALLER LÀ-BAS POUR DÉCOUVRIR CE QUI S'EST PASSÉ.
ET TOI, MISHIBA-KUN, QU'EST-CE QUE TU VAS FAIRE ?
EUH...
BEN... JE M'INQUIÈTE POUR MA FAMILLE... JE VOUDRAIS RENTRER À LA MAISON POUR VOIR COMMENT ILS VONT...

ELLE EST OÙ, TA MAISON ?
EUH... DANS LA VILLE DE TÔMORI...
ON VA DANS LA MÊME DIREC-TION, ALORS. JE VAIS T'ACCOMPAGNER.
C... C'EST VRAI ?!
APRÈS TOUT, C'EST MON DEVOIR DE PROTÉGER LES GENS.
M... MERCI BEAUCOUP !!
SOULAGÉ...
J'ÉTAIS INQUIET À L'IDÉE D'Y ALLER TOUT SEUL...
JE ME SENTIRAI PLUS EN SÉCURITÉ AVEC VOUS, CHIGASAKI-SAN !
MAINTENANT... IL NE RESTE PLUS QU'À PRIER POUR QU'ON N'EN CROISE PAS TROP DANS LA RUE...
ÇA, C'EST CLAIR.
MINCE...
SPLASH

J'AURAIS PAS DÛ DIRE ÇA !!
COMMENT ÇA SE FAIT QU'ILS PEUVENT COURIR AUSSI VITE ?!
PARCE QU'ILS ONT BEAUCOUP D'ÉNERGIE.
D'ÉNERGIE ?!
D'ABORD, IL FAUT QU'ON LES DISTANCE.
ON VA SE CACHER DANS CE PARKING.
O... OK !

REGARDEZ, CHIGASAKI-SAN... ON NE POURRAIT PAS SE CACHER LÀ-HAUT ?
CRIIIC...
ON DIRAIT QU'IL N'Y A PAS DE ZOMBIES LÀ-BAS...
CLAC
101
TCHAC !
MIEUX VAUT RESTER ICI POUR LE MOMENT.
HAA...
D'ACCORD...

ぎょっ
GYAH !
BOBOM
AH !! MAIS POURQUOI VOUS ÊTES EN TRAIN DE BANDER ?!
AH... J'Y PEUX RIEN, C'EST PLUS FORT QUE MOI...
L'ATTRAIT DU DANGER, PEUT-ÊTRE ?
C'EST UN PEU COMME UNE ÉRECTION MATINALE CHEZ MOI.
AH BON...
ROUGIT...
FIXE...
DANS CE CAS, VOUS N'AVEZ QU'À ALLER VOUS SOULAGER...
P... POURQUOI VOUS ME REGARDEZ COMME ÇA ?

LES HOMMES ONT UN TROU AUSSI...
EH LÀ !! C'EST HORS DE QUESTION !!
FAITES-LE TOUT SEUL !
IL Y A DES TOILETTES JUSTE À CÔTÉ !
FIIIXE...
Arrêtez de me regarder comme ça !!
ARGH !
TADAM
QUITTE À ME SOULAGER, JE PRÉFÈRE LE FAIRE AVEC QUELQU'UN D'AUTRE...
GRIP
DITES PAS ÇA D'UN AIR AUSSI SÉRIEUX !
G... GAAAAH !
POUSSE
HIII !!
PLAF

ÇA VA PAS LA TÊTE, DE ME POUSSER COMME...
ÇA...
ON EST DANS UN LOVE HOTEL ?!
ARGH !!
T'AVAIS PAS REMARQUÉ ?
BOING
GLISSE
A... ATTENDEZ !! CHIGASAKI-SAN !
VOUS AVEZ PAS INTÉRÊT À FAIRE ÇA !!

BON, OK...
ET SI JE ME MASTURBAIS ENTRE TES CUISSES ?
QUOI...?
BON... D'ACCORD...
J'ARRIVE PAS À DIRE NON...
FLUIP...
BOBOM

C'est agréable...
GRIP...
Et dangereux !!
FRISSON...
GLISSE...
LA VACHE... QU'EST-CE QUE ÇA GLISSE...
UU UH...
FLUIP
Il m'a sauvé la vie, donc j'imagine que je peux bien lui rembourser ma dette de cette façon, mais...
Non, non, non ! C'est quand même pas une façon de traiter quelqu'un !
Et c'est la première fois qu'un mec me met son pénis entre les cuisses...
FRISSON...
TREMBLE
TREMBLE

EXCITÉ...
FUIP
BOBOM
UGH...
OUAH... ÇA ME FAIT DE L'EFFET, SON TRUC...
WHAM
NNH...
C'EST BIZARRE D'ÊTRE EXCITÉ PAR CE GENRE DE CHOSE...
WHAM
HH...
.....
BOBOM...
TREMBLE

POUSSE...
GYAAAH !!
BOBOM
GRIP
FLUIP
ATT...
ATTENDEZ !! CHIGASAKI-SAN !!
JE PEUX TE SOULAGER EN MÊME TEMPS, MISHIBA-KUN.
GRIMPE
QUOI ?! NON !! ÇA IRA, MERCI !!

FAIS PAS DE MANIÈRES.
HII !
J... JE FAIS PAS DE MANIÈRES !!
FLUIP
PLIC
PLIC
FLAP
FLAP
ÇA... ÇA SUFFIT, ARRÊTEZ !
JE VOUS DIS QUE ÇA VA !
PLIC
HAA...
BOBOM
HII...
FRISSON
FRISSON

V... VOTRE SOUFFLE ME CHATOUILLE...
FLAP
FLUIP
AAH...
FLUIP
CRIIIIC...
AAH... AH !
BOBOM
PAF
PAF
PAF
NH... AAAH !
CRIIIIC...
SBAM !!
!!
GRIP...

HIIII !
CHIGASAKI-SAN...!
LES... LES ZOMBIES VONT NOUS TROUVER !
BOM !
BOM !
T'INQUIÈTE PAS. J'AI BIEN FERMÉ LA PORTE À CLÉ.
SI TU RESTES SILENCIEUX, ILS FINIRONT PAR PARTIR...
BOBOM
AAH...
FLIIP
FLAP...
MERDE...
HHH...
HHH...

TREMBLE
Comme je ne peux pas crier...
NNH...
TREMBLE
NN HH...
CRIIIC...
J'ai l'impression que les sensations sont amplifiées...
GRIP
SERRE ENCORE UN PEU LES CUISSES...
FLUIIP
Comment j'ai fait pour me retrouver dans cette situation...?

[* «Futomomo» veut dire «cuisses» mais peut aussi dire «fesses».]

NYARK
ON POURRAIT RECOMMENCER UNE AUTRE FOIS... EN ÉCHANGE DE MA PROTECTION.
QU'EST-CE QUE T'EN DIS, MISHIBA-KUN ?
GLOUPS...
!!
Une seconde...
Est-ce que je ne me serais pas associé à un type encore plus dangereux que les zombies, moi...?!

PAN
PAN
PAN
PAN
PAN
PAN
RHHHHH...
PAN
CHIGASAKI-SAN ! MON PARAPLUIE A ATTEINT SA LIMITE, JE CROIS...
ILS SONT TROP NOMBREUX ...
TCHAC
TSS...
VACILLE...
TCHAC !

CHIGASAKI-SAN !!
BAM !
CRAC...
TCHAC !
TU M'AS SAUVÉ LA VIE !
PAN !
HAAA...
JE SUIS FATIGUÉ...

Environ quatre jours se sont écoulés depuis que l'infection s'est propagée.
Plus le temps passe, plus les zombies sont nombreux.
Chigasaki-san m'a sauvé la vie, et je ne l'ai plus quitté depuis.
C'est un militaire, alors il est d'une grande aide, forcément...
Et il a un flingue...

Il y a juste ce petit problème...
Il m'a pas pénétré, mais bon...
Quand Chigasaki-san est fatigué, il est excité...
Et je ne sais pas comment c'est arrivé, mais il se trouve que je lui donne un coup de main pour se soulager dans ces moments-là...
AAAAH !
C'est vrai qu'il me sauve la vie sans cesse, je peux bien faire ça pour le remercier, mais...
... MH ?
TOUT DUR !
Hein ?!
Quoi ?!
Une petite minute !! Pourquoi je bande ?!
Hein ?! C'est parce que je viens juste de penser à ça ?!
ROUGIT
はっ

[*Matraque molle]

SURSAUTE
GRIP
TIENS TIENS, TU BANDES ?
C'EST UNE RÉACTION TOUT À FAIT NATURELLE, T'ES PAS OBLIGÉ DE LE CACHER.
TU VEUX QUE JE T'AIDE À TE SOULAGER ?
.....
TREMBLE
TREMBLE
NON MERCI, ÇA IRA !!
GRIP
ALLEZ, DIS PAS ÇA.
TU ME SOULAGES BIEN QUAND J'EN AI ENVIE, TOI.
EN PLUS, TU M'AS SAUVÉ LA VIE TOUT À L'HEURE. JE PEUX BIEN FAIRE ÇA POUR TE REMERCIER.
ME REMER-CIER...?

TU VEUX PAS ?
O... OK, D'ACCORD...
URGH...
TADAM
AH !
TU VEUX UTILISER DU LUBRIFIANT ?
LUBRIFIANT SLIDE
20ml
J'EN AI PRIS QUAND ON ÉTAIT AU LOVE HOTEL.
!?
POURQUOI VOUS AVEZ ÇA SUR VOUS ?!
AAH...
J'AI PAS PU REFUSER...
J'AI L'IMPRESSION C'EST LE GENRE DE TYPE À QUI IL VAUT MIEUX PAS DIRE NON.
BOBOM
FLUIP

BOBOM
NNH ...
Mais pour être hon-nête, quand Chigasaki-san me touche...
C'est plus agréable que quand je le fais moi-même.
FLUIP
C'est mieux quand c'est quelqu'un d'autre qui le fait...
NNH ...
FLOUP
FLOUP
SI TU N'ARRIVES PAS À TE CONCENTRER, TU N'AS QU'À IMAGINER LE VISAGE D'UNE FILLE QUI TE PLAÎT.
UNE FILLE QUI ME PLAÎT...
Même s'il est probable qu'elle se soit déjà transformée en zombie...
C'est impossible !!
ROUGIT

N'empêche, ce type est drôlement beau...
Comment ça se fait qu'il sache si bien masturber les mecs ?!
Et puis, avec des mains si brusques, je vais avoir du mal à imaginer que c'est une fille qui s'occupe de moi...
NNNH...
.....
BOBOM
FLUIP
PUIC
NMHHH !
BOBOM
Il se prend au jeu
BOBOM
AH...
ATTENDEZ... CHIGASAKI-SAN...
FLAP
AH !
AH !
FLOUP
NON ! JE VAIS...
FLUIP
GRIP

FRISSON
JE... VAIS...
AH...!
SPLURT !
BOBOM
BOBOM
HAA ...
GRIP
HAA ...
FLUIP...
D... DÉSOLÉ...
HAA...
HAA...
VOTRE MAIN...
REGARDE.
T'EN AVAIS BEAUCOUP À LÂCHER, DIS DONC.
FLUIP
DÉPÊCHEZ-VOUS D'ALLER VOUS LAVER LES MAINS !!
IL N'Y A PAS DE ZOMBIES ?
NON, C'EST BON.

REMET-TONS-NOUS EN ROUTE, ALORS.
CLING
MH ?
MAIS C'EST...
C'EST CELLE-CI, VOUS ÊTES SÛR ?
C'EST LE SEUL VÉHICULE DE LA MÊME MARQUE QUE LES CLÉS.
ET PUIS, IL A L'AIR DE FONCTIONNER.

ESPÉRONS QUE LE PROPRIÉTAIRE NOUS PARDONNE D'AVOIR EMPRUNTÉ SA VOITURE...
CLAC
.....

DIRE QUE TOUS CES GENS VIVAIENT NORMALEMENT IL Y A ENCORE QUELQUES JOURS...
COMMENT LE MONDE A-T-IL PU PARTIR À LA DÉRIVE SI VITE...?
.....
POUR LE SAVOIR...
IL N'Y A PAS D'AUTRE CHOIX QUE DE SURVIVRE.

OUI...
VOUS AVEZ RAISON.
BOBOM !
AU FAIT, CHIGASAKI-SAN...
VOUS VOULIEZ ALLER DANS CE LABO PHARMACEU-TIQUE...
OUA AAAH !!
TOURNE
QU... QU'EST-CE QUI SE PASSE ?!
BOBOM
DES ZOMBIES.
ÇA VA ÊTRE DUR DE LES ÉVITER...
BOBOM

NE TE MORDS PAS LA LANGUE,
MISHIBA-KUN.
GRIP
VROOOOOOOOM...
O... OK...
ÉPUISÉS...
CRII
OUF...
ON EST ARRIVÉS...

ALORS C'EST ÇA, LA MAISON DE TES PARENTS ?
ON NE SAIT PAS CE QU'ON VA TROUVER À L'INTÉRIEUR.
RESTE DERRIÈRE MOI, MISHIBA-KUN.
D'ACCORD...
CL'AC
SILENCE...

CRIIIC
CRIIIC
JE N'AI PAS L'IMPRESSION QU'IL Y AIT QUELQU'UN ICI...
DANS CETTE PIÈCE NON PLUS...
BOBOM
Papa...
CRIIIC
BOBOM
Maman...
OH !
TE VOILÀ,
HARUOMI !

PERSONNE ICI NON PLUS...
IL Y A ENCORE L'EAU COURANTE.
JE VAIS ALLER VÉRIFIER LE PREMIER ÉTAGE ET INSTALLER UN SYSTÈME D'ALARME DEHORS ENSUITE.
CROUIC
SHHHHH...
MISHIBA-KUN, TU PEUX NOUS FAIRE BOUILLIR DE L'EAU ?
SURSAUTE
MISHIBA-KUN ?

EUH... QUOI ?
AH, D'ACCORD !
JE VAIS INSTALLER UN PIÈGE DEHORS.
TU PEUX FAIRE CHAUFFER DE L'EAU POUR LE REPAS ?
ÇA IRA, TOUT SEUL ?
... OUI OUI !
CLAC
CHIGASAKI-SAN, L'EAU EST CHAUDE...
C'EST ÇA, LE PIÈGE ?

CLANG...
J'AI MIS DES PIERRES DANS LES CANETTES. SI QUELQUE CHOSE TOUCHE LA CORDE, ON L'ENTENDRA TOUT DE SUITE, COMME UN SYS-TÈME D'ALARME.
OOOOH...
IL N'Y AVAIT PAS BEAUCOUP DE ZOMBIES ICI QUAND ON EST ARRIVÉS,
MAIS MIEUX VAUT PRENDRE NOS PRÉ-CAUTIONS.
MIOM
MIOM
SLUUUUURP
CHIGASAKI-SAN, VOUS NE VOULEZ PAS VOUS ASSEOIR ?
C'EST LÀ OÙ S'ASSOIENT TES PARENTS, JE NE VOULAIS PAS ÊTRE IMPOLI...

HA HA !
NE VOUS INQUIÉTEZ PAS POUR ÇA !
......
AH...
JE SUIS ALLÉ VOIR DANS LE GARAGE, ET LEUR VOITURE A DISPARU...
ALORS... PEUT-ÊTRE QU'ILS SONT TOUS LES DEUX ALLÉS SE METTRE À L'ABRI QUELQUE PART...

OUI...
PEUT-ÊTRE QU'ILS SONT ENCORE EN VIE.
AU FAIT, IL Y A DE L'EAU CHAUDE ! VOUS VOULEZ PRENDRE UNE DOUCHE ?
AH, JE VEUX BIEN...
MERCI BEAUCOUP, C'EST GENTIL DE PROPOSER.
SHHHHH...
TAP
TAP
CLAC...

.....
J'espère que mes parents sont encore vivants...
Mais...
Et Chigasaki-san m'a dit que c'était possible, tout à l'heure...
Malgré tout, je m'imagine des choses terribles...
Et ça me rend encore plus nerveux...

Parce que...
Je ne sais pas comment ils vont pouvoir survivre dans un monde pareil...
On a vu le désastre en traversant la ville... Mais on n'a trouvé aucun survivant.
Et même s'ils sont partis ailleurs... Leurs chances de survie sont très basses...
Après tout... Moi, je ne suis encore en vie que grâce à Chigasaki-san.
CLAC
C'EST LÀ QUE TU TE CACHES ?
SURSAUTE

ESSUIE...
AH... PARDON, J'ARRIVE...
SA VOIX TREMBLE...
.....
MISHIBA-KUN...
GRIP
.....
TIRE
MISHIBA-KUN !

CLAC...
VAS-Y, LÂCHE-TOI. C'EST MAINTENANT OU JAMAIS.

HH...
PLOP...
AAAAAH...!!
HUM...

C'EST BON... JE ME SENS MIEUX...
VOUS POUVEZ ME LÂCHER...
T'ES SÛR ? ON PEUT DORMIR ENSEMBLE, SI ÇA TE RÉCONFORTE.
!!
WHAM
ÇA IRA !!
JE VAIS PRENDRE UN BAIN, ET PUIS JE VAIS SORTIR LES FUTONS !!

CUI
CUI
OUVRE...
MH...
J'AI CHAUD... HEIN ?
!?
!?

BANG !!
!?
C... C'EST QUOI CE BORDEL ?!
.....!!!!
T'ES DRÔLEMENT BRUTAL LE MATIN, TOI...
ALORS QUE C'EST TOI QUI ES TOMBÉ DE TON LIT ET QUI ES VENU DANS MON FUTON...
!?

.....!!
ROUGIT...
PIIIIIII
PIIIIIII
WHAM !
AH !! LE RIZ EST PRÊT !!
SURSAUTE
....
WHAM
JE VAIS PRÉPARER LE PETIT DÉJEUNER !!

ON DIRAIT QU'IL VA UN PEU MIEUX...
Mon visage est brûlant...
Pourquoi j'ai le cœur qui bat si fort...?
AH ! C'EST CHAUD !

カチャ
CLAC
カチャ…
CLAC
CHIGASAKI-SAN, VOICI VOTRE CAFÉ.
ぎゅっ…
FUIP...

AH, SUPER, MERCI BEAUCOUP.
ずず…
SLURP…
EUH… JE VOULAIS VOUS DEMANDER QUELQUE CHOSE…
EST-CE QUE JE POURRAIS CONTINUER À RESTER AVEC VOUS ?
!
C'EST DANGEREUX, LÀ OÙ JE VAIS…
ICI, IL N'Y A PAS BEAUCOUP DE ZOMBIES. TU NE PRÉFÈRES PAS RESTER EN SÉCURITÉ ET ATTENDRE TA FAMILLE ?

PLUTÔT QUE DE RESTER DANS CETTE MAISON TOUT SEUL SANS SAVOIR S'ILS VONT REVENIR OU PAS...
SERRE...
JE ME DIS QUE J'AI PEUT-ÊTRE PLUS DE CHANCES DE LES RETROUVER À L'EXTÉRIEUR, MÊME SI C'EST DANGEREUX...
ALORS...
JE VOUS EN PRIE, CHIGASAKI-SAN... SI ÇA NE VOUS EMBÊTE PAS TROP, EMMENEZ-MOI AVEC VOUS !

ÇA M'EMBÊTE PAS, T'INQUIÈTE.
POUR ÊTRE HONNÊTE... JE PRÉFÈRE ÊTRE AVEC TOI QUE DE ME RETROUVER TOUT SEUL.
ぱっ
AH...!
SI TU VIENS AVEC MOI, ÇA ME DONNERA PLUS DE COURAGE.
M... MERCI BEAUCOUP !
JE VAIS FAIRE DE MON MIEUX POUR NE PAS ÊTRE UN BOULET !
FUIP

NE T'INQUIÈTE PAS... JE TE PROTÉGERAI.
BOBOM
EUH... C'ÉTAIT QUOI, ÇA...?
E... ENFIN BREF...
VOUS VOULEZ TOUJOURS ALLER VOIR CETTE ENTRE-PRISE PHARMA-CEUTIQUE...?

OUI…
L'ENTREPRISE «UF».
HEIN…?
UF…? MAIS… C'EST UN DES PLUS GROS LABOS PHARMA-CEUTIQUES !
EXACTEMENT.
QUAND J'AI RÉUSSI À CONTACTER MES SUPÉRIEURS, ILS M'ONT PARLÉ DE CE LABO.
JE NE CONNAIS PAS LES DÉTAILS, MAIS C'EST EUX QUI ONT CAUSÉ CETTE ÉPIDÉMIE.
HUM…
COMMENT UN SI GRAND LABORATOIRE PEUT ÊTRE RESPONSABLE DE ÇA…?
ÇA DOIT ÊTRE UN ACCIDENT, NON ? CE N'ÉTAIT SANS DOUTE PAS VOULU…
TCHAC
TCHAC

QUE CE SOIT VOULU OU NON, C'EST PAS LE PROBLÈME.
LA VRAIE QUESTION, C'EST : DANS QUEL BUT ONT-ILS DÉVELOPPÉ QUELQUE CHOSE D'AUSSI MORTEL ?
ガチャッ
CLAC
MÊME SI C'ÉTAIT UN ACCIDENT, ÇA NE CHANGE RIEN À LA SITUATION.
ILS ONT CAUSÉ UNE VÉRITABLE HÉCATOMBE.
AH...!
MAIS ALORS... SI ON VA DANS LE LABO OÙ TOUT LE MONDE S'EST FAIT INFECTER... ON NE RISQUE PAS D'ÊTRE CONTAMINÉS, NOUS AUSSI ?
ARGH...!
IL Y A DE FORTES CHANCES, EN EFFET.

MAIS... SI ÇA SE TROUVE...
PEUT-ÊTRE QU'IL EXISTE UN MOYEN DE SAUVER CEUX QUI SONT INFECTÉS.
Faites tout pour survivre...
Commandant...
ET PUIS... JE PRÉFÈRE CONTINUER EN PRENANT DES RISQUES,
PLUTÔT QUE DE MOURIR SANS AVOIR RIEN FAIT.
.....

JE COMPRENDS...
C'EST PAREIL POUR MOI.
BON...
D'ABORD, IL FAUT QU'ON FASSE LES COURSES.
OUI.

HOUBUN
HOUBUN
スペシャルバーゲンセール
お客様感謝デー
IL Y A PLEIN DE ZOMBIES À L'ENTRÉE...
JE VOUDRAIS ÉVITER D'UTILISER MON FLINGUE, SI POSSIBLE.
ON VA AVANCER DISCRÈTEMENT.
TAP...

DISCRET
UUUUGH...
VACILLE
IL Y EN A TROP AU REZ-DE-CHAUSSÉE... ALLONS AU PREMIER ÉTAGE.
OK...
防犯ブザー
ALARME...?
AA AH...
BON, ON A RÉUSSI À PRENDRE PAS MAL DE CHOSES AU PREMIER ÉTAGE...
Des chargeurs de téléphone, des vêtements, etc...
MAINTENANT, IL FAUT RETOURNER AU REZ-DE-CHAUSSÉE...

IL Y EN A PLEIN EN BAS, N'EMPÊCHE...
RHHHHHH
OUAIS...
GLOUPS...
TCHAC
BON... C'EST LE MOMENT D'ESSAYER CECI.
BOUCHE-TOI LES OREILLES, MISHIBA-KUN.
TCHAC !
HEIN ?
BIIIIIIIIIIIIIIIP
JETTE
OUAH !
Ce volume !
SURSAUTE

BIIIIIIIIIIIIIP
C'EST LE MOMENT OU JAMAIS. ON Y VA !
O... OK !
DE LA NOURRITURE EN CONSERVE, DU RIZ, DE L'EAU...
PEUT-ÊTRE QU'IL FAUDRAIT AUSSI ESSAYER DE SE TROUVER UN RÉCHAUD...
ON DEVRAIT POUVOIR EMBARQUER TOUT ÇA DISCRÈTEMENT...
REGARDEZ... ON DIRAIT QU'ON N'EST PAS LES SEULS À ÊTRE VENUS DANS CE MAGASIN.
FORCÉMENT, IL Y A DE LA NOURRITURE ET PLEIN D'AUTRES CHOSES UTILES.
ÇA DOIT EXPLIQUER POURQUOI IL Y A TELLEMENT DE GENS INFECTÉS ICI.
さばみそ煮
128円

BON, ON DEVRAIT Y ALLER.
OUI.
PAF
HMPF !!
P... POURQUOI VOUS VOUS ARRÊTEZ AUSSI BRUSQUEMENT, CHIGASAKI-SAN ?
VOUS AURIEZ PU PRÉVENIR...
お酒

C... CHIGASAKI-SAN...?!
DU SAKÉ...
C... C'EST HORS DE QUESTION !! IL Y A BEAU-COUP TROP DE ZOMBIES DEHORS !!
C'EST PAS LE MOMENT D'ÊTRE BOURRÉ !
Je veux boire.
T'INQUIÈTE, JE TIENS BIEN L'ALCOOL.
ET PUIS, SI ON SE GARE DANS UN COIN ISOLÉ ET QU'ON RESTE DANS LA VOITURE, ÇA DEVRAIT ALLER.
Vraiment...?!

AAAH... ÇA FAIT DU BIEN DE BOIRE UN BON COUP...
Est-ce que c'est vraiment une bonne idée...?
Il m'a dit qu'avec les vitres teintées, ce serait dur de voir les sièges arrière, mais bon...
SLUUURP
En tout cas, il a l'air de se régaler...
TOI AUSSI, MISHIBA-KUN, PRENDS UN VERRE.

PLIC...
.....
OOH...
Allez, pour une fois !!
CUL SEC !!
HIC
HIC
BOURRÉ...
IL NE TIENT PAS BIEN L'ALCOOL, LUI...
GLOUPS

BON... SI C'EST COMME ÇA, JE FERAIS MIEUX DE M'ARRÊTER LÀ POUR LE MOMENT, MOI.
!
POF
FUIP
IL EST DU GENRE À ÊTRE AFFECTUEUX QUAND IL EST BOURRÉ ?
BOBOM !
HÉ HÉ HÉ HÉ HÉ HÉ HÉ HÉ HÉ HÉ

SÉRIEUX, CHIGASAKI-SAN, VOUS ÊTES VRAIMENT TÊTU, COMME MEC !
ET EN PLUS, VOUS ÊTES UN GROS PERVERS À QUI JE PEUX PAS DIRE NON !
HMPF !!
Il peut pas dire non...?
IL RIGOLAIT IL Y A UN INSTANT, ET MAINTENANT, VOILÀ QU'IL ME FAIT UN SERMON...
MAIS... VOUS ME PROTÉGEZ TOUJOURS, ET JE SAIS QUE JE PEUX COMPTER SUR VOUS...
VOUS ÊTES AUTORITAIRE, MAIS GENTIL.
DEPUIS LE JOUR OÙ VOUS M'AVEZ SAUVÉ LA VIE, J'AI VRAIMENT UNE DETTE ENVERS VOUS...
JE SUIS TRÈS HEUREUX DE VOUS AVOIR RENCONTRÉ, CHIGASAKI-SAN...

....?
VOUS AVEZ
ENVIE
DE SEXE ?

TU AS ENVIE, TOI...?
FUIP
きし...
BOBOM
ぴくっ
BISOU...
NNH...
する...
GLISSE...
Tiens...?
C'est bizarre...
.....
C'est pas comme d'habitude...
NNH ...
FUIP...

GLISSE...
FUIP...
NNNH...
BOBOM
JE PEUX... TE METTRE UN DOIGT...?
......
......
OUI...
CRIIIC...

FLOUP
FLOUP
PLIC
PLIC
BOBOM
NHH...
HH...
BOBOM
NN NH...
NGH...
FLOUP
FLOUP
BOBOM
NNH...
BOBOM
JE NE DEVRAIS PEUT-ÊTRE PAS FAIRE ÇA... IL EST BOURRÉ...
MAIS CE QU'IL A DIT TOUT À L'HEURE...
ÇA M'A FAIT SUPER PLAISIR, ET...
J'AI EU ENVIE DE LE TOUCHER...

JE VAIS TE PÉNÉTRER...
FLOUP...
BOBOM
NNH...
POUSSE...
BAM!
....!?
SURSAUTE
CRIIIIC...

QU'EST-CE QU...
HMPF !
CACHE !
LES VITRES ARRIÈRE SONT TEINTÉES... ON NE DEVRAIT PAS NOUS VOIR DE L'EXTÉRIEUR...
LES ZOMBIES N'ONT PAS UN SENS DE LA VUE HYPER DÉVELOPPÉ...
TANT QU'ON NE FAIT PAS DE BRUIT, ÇA DEVRAIT ALLER...
FRISSON
M... MM MH...
SEEERRE...

GRIIP
SERRE
NNN NH !!
BOBOM
TREMBLE...
NNN NH HH...!
RECULE...
HAA ...
HAA ...

HAAA...
ON S'EN EST SORTIS...
EH...
MISHIBA-K...
ZZZZZZZ...
.....
SÉRIEUX...?
HOUBUN
HOUBUN

OUVRE...
MAL RÉVEILLÉ...
....?
HMF...
ÇA Y EST, TU TE RÉVEILLES ENFIN ?
C'ÉTAIT PLUTÔT INCONSCIENT DE TA PART DE T'ENDORMIR DANS UNE TELLE SITUATION...
HEIN ?

.....
Se souvient de tout
ROUGIIIIIIIIIIIT
ぼふっ
POUF
....!!
AAH... EUH... À PROPOS DE CE QUI S'EST PASSÉ HIER...
PFFT...
ON VA DIRE QUE C'ÉTAIT DE LA FAUTE DE L'ALCOOL...
HI HI...
ON N'A QU'À OUBLIER CE QUI S'EST PASSÉ...
DILIIIING !
!!

FREIIIINE...
C'EST TA FAMILLE ?
NON... UN AMI...
QUAND L'ÉPIDÉMIE S'EST DÉCLARÉE, JE LUI AI ENVOYÉ UN MESSAGE, MAIS JE N'AVAIS PAS EU DE RÉPONSE...
«OÙ EST-CE QUE TU ES ? SI TU VAS BIEN, APPELLE-MOI»...
Kôta, ça va ?
C'est la folie dehors
10:26
21 avril
Où est-ce que tu es ?
Si tu vas bien, appelle-moi

ZOMBIE·HIDE·SEX

ZOMBIE·HIDE·SEX

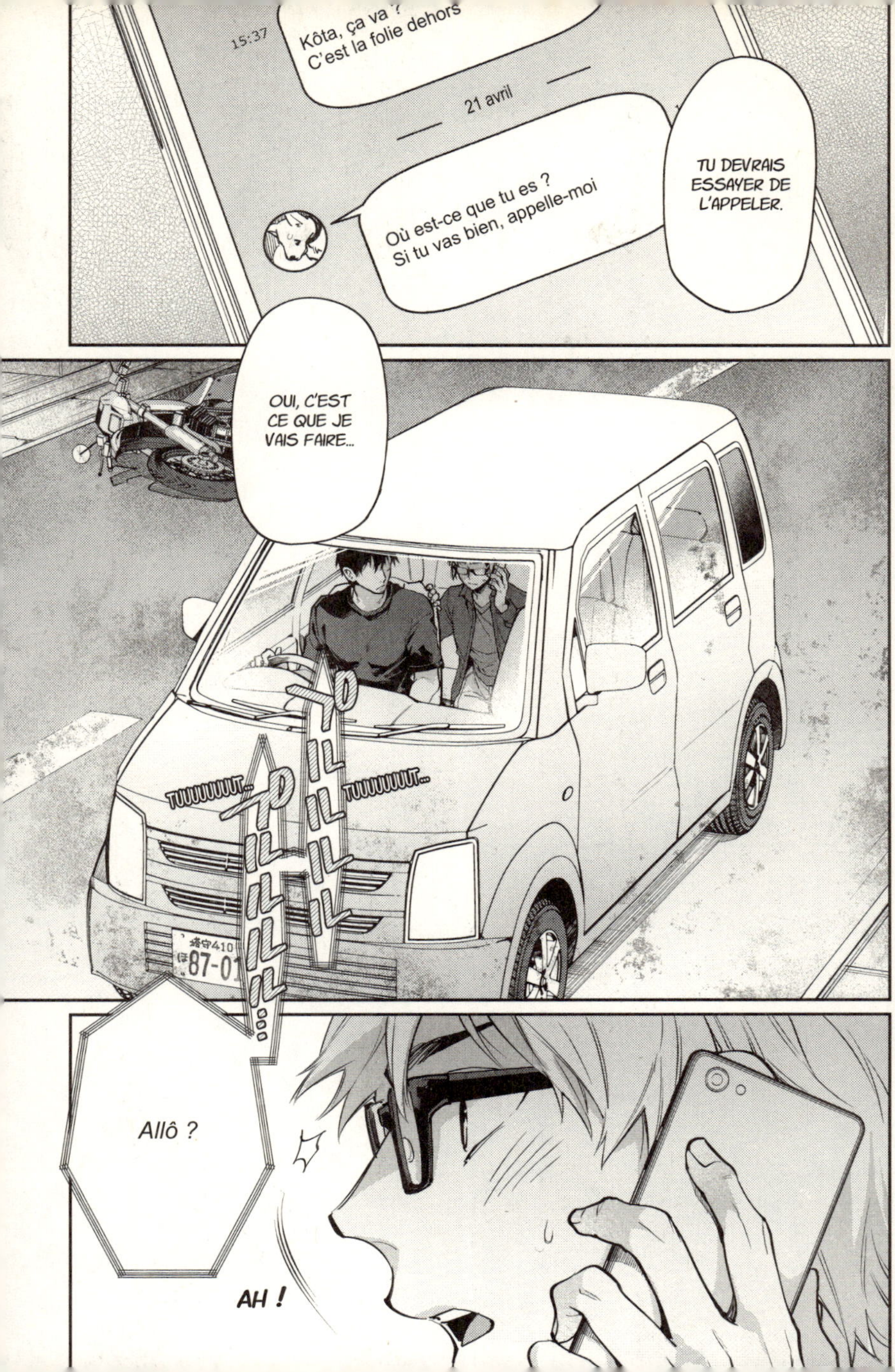
15:37
Kôta, ça va ?
C'est la folie dehors
21 avril
Où est-ce que tu es ?
Si tu vas bien, appelle-moi
TU DEVRAIS ESSAYER DE L'APPELER.
OUI, C'EST CE QUE JE VAIS FAIRE...
TUUUUUUUT...
TUUUUUUUT...
Allô ?
AH !

KÔTA ?!
TU VAS BIEN ?!
Ouais, je survis… J'ai enfin pu recharger mon portable tout à l'heure…
Je suis soulagé que tu sois vivant, Haruomi…
SNIF...
MOI AUSSI... QUELLE CHANCE...
Kôta est en vie...
Ça veut dire que mes parents ont peut-être une chance d'être en vie aussi !
KÔTA, OÙ ES-TU, LÀ ? ON A UNE VOITURE, ON VIENT TE CHERCHER.
OK, COMPRIS... BON, CACHE-TOI LÀ-BAS EN ATTENDANT NOTRE ARRIVÉE.
HI HI...

VROOOOOM
ブロロロ…
KHOF !
KHOF !
WHAM
ばっ
HARUOMI ?!
KÔTA !!
TU ES VIVANT !!
TAP...

TU ES RESTÉ SEUL PENDANT TOUT CE TEMPS, KÔTA ? TU AS RÉUSSI À CONTACTER QUELQU'UN D'AUTRE ?
J'ÉTAIS SEUL QUAND ÇA S'EST DÉCLARÉ... JE NE SAIS PAS CE QUI S'EST PASSÉ...
MAIS TU ES LE SEUL QUE J'AI RÉUSSI À CONTACTER, HARUOMI.
EUH... HARUOMI, QUI C'EST, LUI ?
AH, EUH... JE TE PRÉSENTE CHIGASAKI-SAN !
IL FAIT PARTIE DE L'ARMÉE, IL M'A SAUVÉ LA VIE.
DU COUP, JE SUIS RESTÉ AVEC LUI.
ENCHANTÉ DE FAIRE TA CONNAISSANCE, KÔTA-KUN. JE M'APPELLE CHIGASAKI.
MERCI D'AVOIR SAUVÉ LA VIE D'HARUOMI, CHIGASAKI-SAN !
C'EST RASSURANT DE SAVOIR QUE VOUS FAITES PARTIE DE L'ARMÉE.

AU FAIT, VOUS EN AVEZ APPRIS UN PEU PLUS SUR CE QUI SE PASSE ?
TAP...
EUH, OUI... ON N'A PAS DE PREUVES, MAIS BON...
ON A L'INTENTION D'ALLER LÀ OÙ ON POURRA TROUVER DES RÉPONSES...
!
ON PARLERA PLUS TARD ! DÉPÊCHEZ-VOUS DE MONTER DANS LA VOITURE !
SURSAUTE
HEIN ?!
KÔTA !!
VITE, MONTE !!
AH...!
EUH... OUI !

WHAM
??
GRIP
HIII !!
AH !
NON !!
HARUOMI !!
TIRE

BAM !!
CRAAC
.....
... HAA...
CLAC
VITE, ON SE CASSE !!
OUI !!

CRIIIIIC !
VROUUUUM...
BOBOM...
T'ES PAS BLESSÉ ?
BOBOM
BOBOM
BOBOM
N... NON, ÇA VA...
OUAH... J'AI LE CŒUR QUI BAT LA CHAMADE... JE SUIS TOUT ROUGE...

DANS CE CAS, TANT MIEUX...
.....
SURSAUTE
HARUOMI ?
T'AS LES OREILLES TOUTES ROUGES, COMME QUAND T'ES GÊNÉ.
HEIN ?!
C... C'EST JUSTE QUE J'AI EU LA TROUILLE !! RIEN DE PLUS !!
IL A LES OREILLES TOUTES ROUGES...?
JE VEUX VOIR ÇA...
ALORS, C'EST QUOI CETTE HISTOIRE DE VOULOIR TROUVER DES RÉPONSES ?
AH, OUI... ON PENSE QUE L'ÉPIDÉMIE A ÉTÉ CAUSÉE PAR UN LABORATOIRE PHARMACEUTIQUE, ALORS CHIGASAKI-SAN VOUDRAIT ALLER JETER UN ŒIL...
UN LABO PHARMACEUTIQUE ? OUAH... ÇA A L'AIR GALÈRE...

ON RISQUE DE SE FAIRE INFECTER LÀ-BAS, DONC ÇA PEUT ÊTRE DANGEREUX...
MAIS... IL Y A AUSSI PEUT-ÊTRE UNE CHANCE QU'ON PUISSE SAUVER LES GENS QUI SONT ATTEINTS.
QU'EST-CE QUE TU FAIS, KÔTA ?
TU VIENS AVEC NOUS ?
!
BEN...
TU RISQUES D'ÊTRE EN DANGER, HARUOMI, ALORS JE VIENS AUSSI !

MERCI, KÔTA...
TIENS...?
KÔTA... QU'EST-CE QUE TU T'ES FAIT AU BRAS DROIT ?
AH, ÇA ? JE ME SUIS ÉCORCHÉ PENDANT QUE JE M'ENFUYAIS.
T'INQUIÈTE PAS, C'EST PAS GRAVE DU TOUT !
BON... DANS CE CAS, TANT MIEUX...

GIGOTE
QU'EST-CE QUE TU FAIS ?
AH... JE VAIS AUX TOILETTES...
C'EST DANGEREUX, JE T'ACCOMPAGNE.
D'ACCORD, MERCI...
IL VA AUX TOILETTES ?
OUAH...
JE VAIS Y ALLER AUSSI, ALORS...
LES TOILETTES SONT LÀ...
MH ?
ATTENDEZ... CHIGASAKI-SAN...

BOBOM
ARRÊTEZ... ET SI JAMAIS KÔTA NOUS VOYAIT...?
FLOUP
T'INQUIÈTE PAS, IL DORT.
EN PLUS, ON N'EST PAS ALLÉS JUSQU'AU BOUT HIER SOIR...
GRIP...
H... HIER SOIR...?!

BOBOM
BISOU
AH...
POUIG
GLISSE...
CHIGASAKI-SAN...
NNNH...
FLOUP
BOBOM
FLOUP
AH...
NH...
MMH...
LA TÊTE QU'IL FAIT, HARUOMI...
NON...
FROTTE
AH...
AH...!
BOBOM
NNNH...
FLAP
FLAP
FLAP
FLAP
APRÈS TOUT CE QU'ON A FAIT HIER, ÇA SERA PLUS FACILE DE TE PÉNÉTRER AUJOURD'HUI...
BOBOM
FLOUP...

!!
SCHRIC
AH...!
ATTEN-DEZ...
VOUS ALLEZ VRAIMENT ME PÉNÉTRER ?!
T'ÉTAIS D'ACCORD, HIER.
BEN OUI MAIS BON...
.....

BOBOM
ドキ
En plus, hier, j'étais bourré...
Il m'a à moitié pénétré, mais...
BOBOM
ドキ
A... ALLEZ-Y DOUCEMENT, ALORS...
ドキ
BOBOM
TIENS, POSE TA MAIN LÀ.
Je dois dire que je suis un peu gêné, maintenant...
BOBOM
BOBOM
TOUCHE...
くい...
Ça craint...!
SURSAUTE
AH...!
....!
PAF

Ma voix...
HH...
HH...
HH...
.....
GRIP
HEIN...?
BOBOM
AAH !?
AAH ....
PAF !

TREMBLE
CHIGASAKI-SAN... NH...
J... J'AVAIS DIT DOUCEMENT...
PAF
PAF
FLUIP...
HAA...
J'ai l'impression...
Que ce n'est plus juste du sexe pour le sexe...
Ça craint...
HÉ...
MAINTENANT... ON NE PEUT PLUS DIRE QUE CE SOIT...
HAA...
DU SEXE DE REMERCIEMENT, HEIN...?
HAA...
HAA...

NON, C'EST VRAI...
JE COUCHE AVEC TOI...
PARCE QUE J'AI ENVIE DE TOI.
Quoi...?
SERRE...
SURSAUTE
NNH...
IL S'EST CONTRACTÉ D'UN COUP...

HAA...
MISHIBA-KUN...
AH... NON... CHIGASAKI-SAN...
BOBOM
PAF
PAF
PAF
BOBOM !!
AAAAAAAAAAH!
SPLURT !

.....
PLIC...
HAA...
HAA...
KHOF
!
KHOF
!
.....!

ÇA VA, KÔTA ? TU TOUSSES BEAUCOUP...
OUI, ÇA VA...
JE SUIS PEUT-ÊTRE JUSTE EN TRAIN D'ATTRAPER FROID.
MINCE... C'EST DANGEREUX D'ÊTRE MALADE DANS UNE SITUATION PAREILLE.
IL FAUDRAIT QU'ON CHERCHE DES MÉDICAMENTS POUR LE RHUME...
ON REGARDERA UNE FOIS QU'ON AURA QUITTÉ L'AUTOROUTE.
AVANT ÇA, PEUT-ÊTRE QU'ON POURRAIT S'ARRÊ-TER SUR UNE AIRE DE REPOS ET VOIR CE QU'ON PEUT Y TROUVER.
D'ACCORD...

ON DIRAIT QU'IL Y A MOINS DE ZOMBIES, ICI...
JE VAIS VOIR S'IL N'Y A PAS DES SURVIVANTS.
PENDANT QUE JE VÉRIFIE, SURTOUT, NE VOUS ÉLOIGNEZ PAS DE LA VOITURE, TOI ET KÔTA-KUN.
D'ACCORD...

KHOF !
KHOF !
AH...
.....
GHH...
HÉ... HARUOMI...

JE T'AI VU COUCHER AVEC CHIGASAKI-SAN, CETTE NUIT.
QU'EST-CE QU'IL Y A ENTRE VOUS ?
HEIN...?
Mince... Kôta nous a vus ?!
AH... Y'A RIEN ENTRE NOUS...
PANIQUÉ
EUH...
.....

APRÈS QUE CHIGASAKI-SAN M'AIT SAUVÉ, J'AI DÉCIDÉ DE L'ACCOMPAGNER...
ET... EN FAIT... QUAND IL EST FATIGUÉ, GÉNÉRALEMENT, IL EST EN ÉRECTION...
CHIGASAKI-SAN EST FORT, IL ME PROTÈGE... ET EN ÉCHANGE, JE L'AIDE À SE SOULAGER...
ET PUIS, IL EST TELLEMENT AUTORITAIRE... QUAND IL EN A ENVIE, J'AI DU MAL À LUI DIRE NON...
DU COUP, J'AI PAS TROP LE CHOIX, EN FAIT...
HA HA...
T'AS PAS LE CHOIX ?
C'ÉTAIT PAS L'IMPRESSION QUE ÇA DONNAIT HIER SOIR...

N'EMPÊCHE, JE SAVAIS PAS QUE T'ÉTAIS GAY, HARUOMI.
SURSAUTE
EUH...
C... C'EST PAS QUE JE SUIS GAY...
WHAM...
C'EST JUSTE...
AVEC CHIGASAKI-SAN...
ROUGIT...
DANS CE CAS...
POF...

TU VEUX PAS LE FAIRE AVEC MOI ?
HEIN...
KÔTA... ARRÊTE TES BLAGUES...
ALLEZ... LAISSE-MOI TE BAISER.

JE VEUX LE FAIRE UNE DERNIÈRE FOIS AVANT DE DIRE ADIEU À MON HUMANITÉ...
AH... ATTENDS, KÔTA...!
GRIP
ARRÊTE ! NON !
POUSSE

はぁ…ッ
HAA...
KÔTA...!!
....!!

KÔTA !
KÔTA !!
JE T'EN PRIE, ARRÊTE !!
GH...
PAF !!

HAA...
HAA...
KÔTA...
GRIP...
HAA
HAA
IL N'ENTEND PLUS MA VOIX...
IL FAUT QUE JE M'ENFUIE !
TOURNE
CLAC
....!
TOMBE !

MERDE... J'AI LES JAMBES TROP FAIBLES...
GRIP
HA AA ... HA AA ...
HIII !!
TIRE

GRIP
EH !!
QU'EST-CE QUE TU FOUS ?!
POUSSE
CHIGASAKI-SAN !!
ÇA VA ?! QU'EST-CE QUI S'EST PASSÉ ?
WHAM...
CHIGASAKI-SAN, ATTENTION !!

GNAP !!
AÏE !!
CHIGASAKI-
SAN !!
AH !!
....!
PAF !!
HH...
VOTRE
ÉPAULE...
KÔTA-KUN...
A ÉTÉ
INFECTÉ...?
HH...
HH...

IL Y A ENCORE UN INSTANT, ON PARLAIT NORMALEMENT, MAIS...
GHHHHH...
D'UN COUP, IL EST DEVENU BIZARRE...
FLOUP...
IL A... SANS DOUTE ÉTÉ MORDU AVANT DE NOUS RETROUVER...
JE VOIS...
CLIC
NON !! ATTENDEZ !!
SI ON NE FAIT PAS ÇA, IL VA NOUS TUER !!

MAIS PEUT-ÊTRE QU'IL EXISTE UNE CHANCE DE LE SAUVER, NON ?!
SI ON NE LE TUE PAS, ON SERA MORTS AVANT D'AVOIR PU LA TROUVER !!
IL VA NOUS CONTAMINER TOUS LES DEUX !
....!
DANS CE CAS...
!
JE VAIS LE FAIRE, MOI...
GRIP...

GRIP...
WHAM...
TREMBLE
TREMBLE
KÔTA...
JE SUIS DÉSOLÉ...

パーン
PAN
......

SURSAUTE
UUH...
NHH...
DOULEUR
CHIGASAKI-SAN...
GRIP
.....
WHAM !

VROUUUM...
COUP D'ŒIL...
KÔTA...
VROUUUM...
一般
一般

ON A PU SORTIR DE L'AUTOROUTE, MAIS...
IL Y A BEAUCOUP PLUS DE VOITURES EN VILLE, C'EST COMPLIQUÉ D'ALLER VITE...
JE CROIS QUE LE LABO PHARMACEU-TIQUE LIF EST DANS LA VILLE D'À CÔTÉ...
MERDE ! ON EST SI PROCHES !
TOURNE
FSHHHH
WHAM !!
!??

CRIIIIIIIIIII !!
PSHHHHH...
UH...
MERDE...
WHAM
UH...
DÉSOLÉ ! ÇA VA ?!
TCHAC
LE PNEU A CREVÉ...?
ON A DÛ ROULER SUR DU VERRE BRISÉ...

GRIP...
JE SUIS DÉSOLÉ...
C'EST DE MA FAUTE...
MAIS NON, MISHIBA-KUN... CE N'EST PAS DE TA FAUTE.
.....
TU PENSES POUVOIR CONTINUER TOUT SEUL ?

JE... JE NE VAIS PAS VOUS LAISSER TOMBER, CHIGASAKI-SAN !!
ON NE PEUT PLUS UTILISER LA VOITURE, MAIS JE PEUX VOUS TRANSPORTER !
TU N'Y ARRIVERAS JAMAIS, JE SUIS TROP LOURD...
ET PUIS, JE NE VEUX PAS ÊTRE UN POIDS POUR TOI.
DANS CE CAS...
MORDEZ-MOI AUSSI...
QUOI ?!
WHAM

JE CROIS QUE...
ÇA NE ME DÉRANGERAIT PAS D'ÊTRE DÉVORÉ PAR VOUS...
.....
J'AI DIT QUE JE TE PROTÉGERAIS...
ET VOUS L'AVEZ FAIT.
PENDANT TOUT CE TEMPS...

GRIP
MISHIBA-KUN...
PEUT-ÊTRE QUE C'EST POSSIBLE D'ÊTRE INFECTÉ PAR UN BAISER...
ESPÈCE D'IDIOT...

NHH...
MH...
HHH...
MISHIBA-KUN... GRIMPE SUR MOI.
HEIN ?
MAIS... VOTRE BLESSURE...

SI TU RESTES SUR LE SIÈGE D'À CÔTÉ...
JE NE VAIS PAS POUVOIR TE FAIRE L'AMOUR...
!
GRIMPE...
CÂLIN...

BOBOM
SLURP...
NHH...
AH...
FUIP...
FROTTE...
HI HI...
VOUS ÊTES UN VRAI PERVERS, CHIGASAKI-SAN...

GRIMPE...
VOUS ÊTES BLESSÉ, ALORS C'EST MOI QUI VAIS BOUGER...
NNH...
HH...
FLOUP...
HH...
NHH...
FLOUP
FLOUP
FLOUP
FLOUP
VU QU'ON L'A FAIT HIER, C'EST EN-CORE ASSEZ DÉTENDU...
HAA
FLOUP...
AH...

WHAM...
AH...
HAA...
FLOUP...
NNH...
HHH...
WHAM
NNH...
.....
HAA...
FLAP
WHAM
FLAP
WHAM
CHI-
GASA-
KI-SAN...
BISOU...
NNH...

HHH...
KHOF !
CHIGASAKI-SAN !
FLOUP...
DÉSOLÉ... ÇA VA...
は…ッ
GLOUPS...
ぎゅ…
SERRE...
MORDEZ-MOI.
.....

JE VOUS EN PRIE...
CHIGASAKI-SAN...
......
HH...
SURSAUTE
....!!
GNAP !!

FRISSON
BOBOM
HAA... AAH...
SLURP...

VROUUUM...
MH...
WHAM
IL Y A UNE VOITURE !!
JE DOIS VITE APPELER À L'AIDE !
STOP...
Ah... Mais...
Si ça se trouve... Ils vont vouloir tuer Chigasaki-san qui est infecté, comme avec Kôta tout à l'heure...

VROOOOM
Lif
Pharmaceutical company
Cette camionnette...!!
POOOOOOOOOOON
Si ce sont des employés du labo Lif...
POOOOON
Peut-être qu'ils savent comment soigner les gens infectés !!
POOOOON

PAF
POOOOON
À L'AIDE...
PAF
POOOOON
À L'AIDE !
POOOOON
POOOOON
À L'AIDE !!
VROUUUUM...
CLAC
.....
TCHAC

CLAC
EUH...
VOUS ÊTES DES EMPLOYÉS DE LIF ?
J'AI ENTENDU DIRE... QUE C'ÉTAIT LIF QUI ÉTAIT RESPONSABLE DE CETTE CATASTROPHE...
!
MON AMI EST CONTAMINÉ...
SI... SI VOUS SAVEZ COMMENT LE SAUVER, DITES-LE-MOI !!
WHAM

TREMBLE
.....
D'ABORD, BAISSE TON ARME.
C'EST VRAI QU'ON TRAVAILLE CHEZ LIF...
MAIS NOUS NE SOMMES PAS TES ENNEMIS.
ET IL SE POURRAIT QU'ON PUISSE SAUVER TON AMI.
HEIN...?

LÂCHE...
C'EST...
C'EST VRAI ?!
OUI...
TU PEUX NOUS FAIRE CONFIANCE.
ON S'OCCUPE DE TOUT.
EUH... QU'EST-CE QUE C'EST...?

JE LUI AI INJECTÉ UN VACCIN.
MAIS JE NE SAIS PAS SI ÇA VA FONCTIONNER OU PAS...
EN TOUT CAS, ÇA RALENTIRA DÉJÀ BEAUCOUP L'INFECTION.
C'EST VRAI ?!
ROUGIT...
ON DEVRAIT TE VACCINER AUSSI, PAR PRÉCAUTION.
EUH...
OUI...
TIENS ?
TOI AUSSI, TU AS ÉTÉ MORDU ?
HEIN ?

DITES... C'EST VRAI, LES RUMEURS QUI COURENT COMME QUOI C'EST LIF QUI SERAIT RESPONSABLE DE TOUT ÇA ?
EH BIEN... OUI, C'EST VRAI.
CE N'ÉTAIT PAS DANS NOTRE DÉPARTEMENT... LE VIRUS S'EST RÉPANDU À PARTIR D'UNE AUTRE SECTION.
NOUS, ON Y A ÉCHAPPÉ PARCE QU'ON N'ÉTAIT PAS PRÉSENTS SUR LES LIEUX.
QUAND ON EST REVENUS, ON S'EST MIS À CHERCHER DES GENS QUI N'AVAIENT PAS ÉTÉ INFECTÉS POUR POUVOIR DÉVELOPPER UN VACCIN.
ALORS...
TU AS VRAIMENT BEAUCOUP DE CHANCE QU'ON VOUS AIT TROUVÉS, TOI ET TON AMI.

Je suis content...
De ne pas avoir baissé les bras...
ぎゅ…っ
FUIP
ぴくっ…
BOBOM
UH...
MISHIBA...
KUN...

TOME 1 - FIN

ZOMBIE HIDE SEX

ZOMBIE·HIDE·SEX

TEMPÉRATURE CORPORELLE
Aaah ! Ma-maan !
CLAC
QU… QU'EST-CE QUE C'EST QUE CE TRUC ?!
CLAC
J'AI JAMAIS VU ÇA !
À l'aide !!
CALMEZ-VOUS ! NE TIREZ PAS À TOUT BOUT DE CHAMP !
AVANT TOUTE CHOSE, AIDEZ LES SURVIVANTS !
À VOS ORDRES !!
AH !! NON !!
GAAAAH
WHAM
AAH !
ARRÊTEZ !!
DÔJIMA !!
GNAP
MERDE… LE QG NE RÉPOND PAS…
TCHAC
COMMANDANT…
LAISSEZ-MOI ME DÉBROUILLER SEUL !
GLISSE…

QU'EST-CE QUE TU RACONTES ? COMME SI C'ÉTAIT POSSIBLE...
COMMANDANT, VOUS L'AVEZ BIEN VU...
TOUS CEUX QUI ONT ÉTÉ MORDUS SE RETROUVENT DANS CET ÉTAT...
CE N'EST QU'UNE QUESTION DE TEMPS AVANT QUE JE DEVIENNE COMME EUX, MOI AUSSI...
POUSSE
JE VOUS EN PRIE...
PROTÉGEZ NOTRE PAYS...
C'EST NOTRE TRAVAIL... ALORS...
FAITES TOUT POUR SURVIVRE...
POF...
COMMANDANT...
MATSUJIMA...!
PAN !!

FLOUP...
......
BOBOM
TOUCHE...
SA PEAU EST FROIDE...
GLING

ブチッ...
GLING
は...ッ
HAA...
C'ÉTAIT... UN RÊVE...
HAA !...
....
HAA !...
ZZZZ !...
す !...
ZZZZ

IL EST TOMBÉ DE SON LIT...?
FLOUP
HH...
SA PEAU EST CHAUDE...

POSTFACE

Merci à toutes les personnes qui ont acheté Zombie Hide Sex ! Ici Yuo Yodogawa.

Mon premier croquis de Haruomi. Il ressemblait beaucoup à un de mes autres personnages, alors, j'ai un peu changé sa coupe de cheveux et voilà ce que ça a donné.

Comme j'aime l'horreur, ça faisait plusieurs années que j'avais envie de faire quelque chose qui mélange de la romance BL et de l'horreur, mais je n'avais jamais eu le temps jusque-là.
J'ai fini par poser la question à mon responsable, qui a répondu : «Allez-y, faites-nous un chef d'œuvre !»
Et c'est comme ça que j'ai obtenu l'autorisation de dessiner ce manga.

٩(*•ᴗ•*)و

YOUPI !

Avant que les premiers chapitres ne commencent à être publiés, je voulais faire une fin triste... Et puis finalement, j'ai décidé de me diriger plutôt vers une fin heureuse !
J'ai aussi l'impression de n'avoir jamais autant réfléchi pour créer une histoire (haha).

Par ailleurs, c'est la première fois que je dessine un manga en plusieurs volumes. Quand j'ai vu la couverture du tome 1, j'étais toute excitée !
Je ne sais pas combien il y aura de tomes en tout, mais Chigasaki et Haruomi comptent sur vous pour les accompagner jusqu'à la fin !

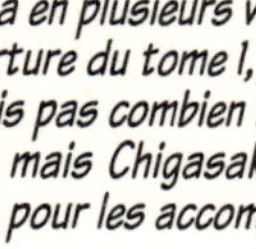

Bref, merci à mon responsable, mon graphiste, à tous ceux qui ont été impliqués dans la publication de ce livre, et bien sûr à tous ceux qui l'ont acheté !
On se retrouve au prochain volume !

ZOMBIE · HIDE · SEX 1

Hana COLLECTION

www.boys-loves.fr

Responsable Editorial & Production : Tony
Traduit du japonais par Laurie Asin
Maquette : Justine mouron
Relecture : Aurélie Valognes

Dépot légal : Janvier 2021
ISBN 978-2-38276-002-4

Imprimé par GZ Digital Media as

Mishiba et Chigasaki voyagent maintenant avec des employés de Lif. Après avoir rencontré leurs nouveaux compagnons, Mishiba commence à ressentir quelque chose de plus sérieux pour Chigasaki...

Est-ce que c'est juste une relation basée sur le sexe, ou quelque chose de plus...?

LA SUITE DANS LE TOME 2 !

ZOMBIE·HIDE·SEX

ZOMBIE·HIDE·SEX